高麗晴れ

金太中

思潮社

金太中 詩集

高麗晴れ

金太中 詩集

思潮社

目次

拾遺詩篇

題字・装画・挿絵＝呉炳学　装幀＝思潮社装幀室
装画＝江華島にある高麗朝の遺跡

高麗晴れ

地ノ声

地ノ底カラ
サンザメキトモ
哄笑トモ知レズ
湧イテクル
重唱ノ調べ

地ノ底ノ声ガ
地上ニ届イタトキ

ソレヲ
神ノ声ト聞ク人モオレバ
魔界ノ怨嗟ト感ジル人モイル

神ノ声ト
怨嗟ノ呪イニ
イカホドノ差ヤアル

世ハナベテ
コレ
空《クウ》

2007.7.15

天ノ声

天ノ声ハ
天上カラ聞エテクル
天ニ人ノ住ムハズハナイカラ
天ノ声ハ
神カ
神ニ仕エル天使ノ声ダロウ
天使ハ歌舞ニ長《タ》ケテイル

ヒラリ
天使ノ裳裾ニ触レルトキ
人ビトハ
歓喜《カンギ》ニ酔イシレル

地上ト天上ト
天上ト地上ニ
神ダノミ
佛ダノミノ人ビトガ
声ヲ涸《カ》ラシ
汗マミレニナッテ
踊躍《ユヤク》スル

天ノ声ハ
神ノ声

神ハ天上ビト
イツノ世モ
地ニ這ウ者ハ
文脈不明ノメッセージニモ
酔イ痴《シ》レル

時ニ
天ノ声ニモ
嗄《シワ》ガレタリ
野太イ声ガアル

2007.7.16

夏の日に

頭ががらんどうになるほどの
酷く暑い日日がつづき
わたしは
よろめき
記憶の渦に巻きこまれて
彷徨い歩く

きのう　今日
あすと　今日が重なり合って
時の流れに
秩序のあらばこそ
ながい旅路に疲れはて
何處へとも
あてどのない旅をつづける――

2007.8.19　七十八歳の誕生日に

彷徨の果てに――

わたしは
朝から晩まで
時には
夜っぴて
都会のきらきらきらした大通りから
ひっそりと息づいている路地裏に
吸い込まれ　へばりついて
悶悶の糸を引いている

いつか
チュニジアの砂漠を旅したとき
粗末なパン焼き屋で食べた
ナーンは
わたしに生きていることの悦びを与え
長い間の愚かなあれこれの悩みを
ふっとばしてくれた

生きていることへの畏怖を
自覚しなくなったとき
ひとは
はじめて
生死の軛から
放たれる

人は
だれもが
生と死の境を
行き来している

2007.9.22

デリーで

疲労が極限に近づくと
わたしの心と体は離れ
あちこちをさまよいはじめる
昏迷の暗さには耐えられないので
わが心は
いじましきほどに
浮揚を試みる

上へ！

落下を怖れる
わが生涯の旅路の果てに
若き日の記憶が
いっせいに蘇り
蠢く

かかる日日
わたしは
ゆったりと
かつ
物憂げに
デリーの雑踏を歩む
神の僕《しもべ》

牛たちに
言いようのない羨望と
共鳴をおぼえる

鋭い目差しの
肌薄黒き無辜《むこ》の痩身の群れに
罪の歴史を憶う——

2007.11.22　はじめてのインド滞在の日に

きみとぼく

ぼくは沈黙
きみは饒舌のひと
沈黙と饒舌に
言われるほどの違いはあるのだろうか
ぼくときみに
どれだけの違いがあるというのだろう
ぼくが沈黙に浸れるのは
饒舌なきみがいるから

ぼくときみが入れ替ったとしても
どうということはないが
ぼくはぼくでいたいし
きみはきみでいたいだろう
ぼくときみとは
ことばを発しなければ
まるで識別できないのに
それでも
ぼくはぼく
きみはきみだ

かりにぼくときみが
同時にことばを発してみたまえ
人びとは

きみをぼくと
ぼくをきみと取り違えるかもしれないだろう

それでも
ぼくはぼく
きみはきみだ

2007.11.29

晴れた日に

くねくねと屈折した日日を
さらりとかわし
喧騒さえも尻ごみをする
この穏やかな初冬の朝
長かった生涯の果てに
あらたな悔いを刻むまいと
わたしは
深く息を吸いこみ

若かった日日の
ぼろぼろの記憶と
あまたの想いを吐きだす
ああ　高麗晴れの東京の朝よ

2007.12.2

道

僕の前に道はない
僕の後ろに道は出来る

と詩人はうたったが
ストイックなこの詩人の道は
どんな道だったのだろう

わたしの道は

生れたときからつづいている
わたしの道を
いつも誰かが歩いている

わたしの道はまだ天に届いてはいない
さりとて
地の底につながっているわけでもない
それでも
わたしの道は
だれの道でもなく
わたしの道

わたしの道を
狐目の男女が
ぞろぞろ歩いている

わたしの道は
海峡を越えて
つづいている

2007.12.23

混濁のなかで

わたしは混濁のなかで眠りこけていた
やがて混沌の闇が迫ってきて
深い渕に吸いこまれていった

手術刀を手にした
ドクターが呟く
根こそぎ取ってしまおう
わたしは昏睡のなかで

取り留めのない話を語りはじめる

混濁の眠りから醒めたとき
ナースが語りかけてきた
聞いたことのないことばで話しつづけていましたわ
わたしは呟いた
〈生きていたんだ〉

にんげん
二度生きることなんて
こんりんざい
ありはしない
錯覚と錯誤とは
似て非なるものだ！

2007.3.4　一年前の手術を回想して

雪の上海で

久しぶりで訪れた上海は
時に雪まじりの霙だったが
行き交う人の表情は明るい
ことばが通じないので
擦れ違いざまの印象でいえば
人びとはみな晴れ晴れとしている

ホテルのベッドで

持て余した時間を過していると
最初に浮んだのは
毛沢東が手を挙げて
群衆に語りかけている姿だった
途方もなく長い流れのなかで
歴史は綴られる

人の一生のあれこれも
忘れられた頃に
真価が定まるだろう

うたた寝をしていると
広い執務室で
チャールズ・チャップリン卿が
微睡《まどろみ》のなかで

賢こそうな柳眉の熟れた東洋の女性と
きつい酒を交している

久しぶりで訪れた
上海の雪は
空いちめんを曇らせ
地上を圧している——

2008.2.2　上海花園飯店で

冬の朝の風景

一月半ばの凍てつく朝
中島公園は静寂のなかに在る
動くもののない冥暗の世界に
わたしは身じろぎもせず
雪に撓む枝を凝視している

視界にひろがるものへの
畏怖

離れ離れに散って行く
生涯のパノラマ
疎外されて行くわが存在

ああ
荒蕪の地に立つ者の
自失の泪

いま
わたしは原始の風景のなかに立っている

2008.2.6

中島公園＝札幌市内にある公園

グアム島の小さな酒場で

二〇〇八年
三月一日の
グアム島の夕暮どき
時間がスリップし
乱れた時が流れている

わたしの胸に顔を埋めている
はじめて出逢った小柄な老女の

青丘の地を離れて久しい
生涯の想い出が
一気に爆ぜる

古里を離れた老女は
故郷を知り得なかったわたしに
何を求めて
顔を埋めたのだろう

ああ　時まさに
三月一日
歴史の流れが逆まく
マリアナ諸島の地
リーフ（岩礁）を咬む波に沈む
夕映えの太陽！

支配していた国のことばを
ひと言も発しない
美しい老女に
わたしは
萬感の想いを馳せる——

2008.3.5

青丘＝朝鮮の雅称
三月一日＝一九一九年、京城（現・ソウル）から発し、各地で起った朝鮮民族の反日独立運動の日

アネクドート
――ここだけの話

わたしは
いま
記憶が欠けて行くのを悲しんでいる
薄野《すすきの》の小さなバーで
巨体のマスターが
憮然を粧って
アネクドートをサービスしてくれたことがある

結婚ハ判断力ノ欠如デアリ
離婚ハ忍耐力ノ欠如
再婚ハ記憶力ノ欠如ダネ

ことば遊びは嫌味なので
好きになれないが
ことばが欠けたら
ぼろぼろの醜い肉体だけが残って
腐臭を放つだろう

2008.3.11

老人の独り歩き

時の流れが狂い
速くなったり
三十年も前の記憶が
乱れたまま蘇ったりする
昨今だが
歳相応の惚けだと決めこむのは
合点が行かず
歩きなれた道を

思案顔で行きつ戻りつしている

屈託のない独り歩きは
すべて
これ
わが人生の足跡で
搦めとられた過ぎた日日の
他愛のない出来事だけが
はたはたと
風に揺れている

ひとよ
老いを嘆くのは
見苦しい限りだ

2008.5.27

父の日に

娘から父の日の贈りものが届いた
わたしは
気の利いた身だしなみに疎いが
贈られた小さなドット模様の
うすい藍色の太めのネクタイの手ざわりを
そっとたのしんだ

わたしは老妻に呟いた

いつの日か
孫娘からも誕生祝いのネクタイが
届くだろうか

残り少ない人生を
ひた歩いている
わたしだが
ひそかな悦びを至上とし
過ぎた日日を
大事に胸にしまいこんで
生きている

2008.6.15

百済観音

今から四十年ほど前のこと
百済観音像を
半日もの間　飽かず眺めていたことがある
本体が今のように
ケースに収まっていなかったころで
わたしは
この観音につよく惹かれた
どこで造られたかは知る由もなかったが

ともかく
百済観音は
わたしを魅了してやまなかった

痩軀のみ佛は
美形というわけではないが
わたしを名状しがたい恍惚の境に
誘ってくれた

わたしは
百済観音が法隆寺の境内に在ることすら忘れ
拝むでもなく
ただ手を合わせて
呆けて見とれていたが
その故を

未だに知らない

2008.6.30

老年独語

老人は余命を知ろうとはしない
長かった人生のあれこれを
仔細に想い出そうとはしない
余生に
慥かな保証を求める
愚かな老人はいないだろう

老いていることを

人が考えるほど
自らは気にかけていないものだ
老人をあれこれいうのは
老人でない者の
忖度でしか無いだろう

老人は
愚かなことと
賢いことに
それほどの違いを認めようとはしない

若い頃の
目から鼻に抜ける賢さに
老人は貪着《とんじゃく》しない
時の流れを気にかけるのは

若い人たちの
生きている証しだろう

2008.7.7

自嘲

幼い頃の記憶が
老いたわたしを
いたわるように包んでくれる

なすことなく茫然と立ち竦むわたしに
時の流れは
一生の出来ごとを
まとめて押し出す

幼い頃
わたしは
望んだことが叶えられる世界とは
縁のない年月を重ねていたので
いまになっても
焦燥と自虐に痛んでいる

それでも
自在の意志で
全力疾走し
高慢に明け暮れていた日日を
心底
自嘲する！

2008.8.3

ポンモイの入江で

八十年も生きていると
積まれた日日の記憶が
重なり絡みあって
えんえんと続く生の軌跡を
だれもが
駈けずり廻る仔犬の足跡が失せるように
少しずつ消していきたくなる

わたしが
ひとには知られまいと抱えこんでいた
若かった日の想い出は
この入江の
そよともしない静寂な深い淵の
淀みの底にも
音も立てずに
沈んでいる

わたしは
六十六年まえ
ポンモイの静かな入江の藻にからまって
発見されることもなく
浅瀬の藻屑となった
まだ中学生だったわが友の兄のことを

想っている
そのころと変らぬ
そよともしない霧雨の入江を
感慨をこめてみつめている

2008.8.23

ポンモイとは、アイヌ語で、静かな入江のこと。幼い頃から因縁の深い室蘭市に在る。

老いて 尚

ぽろぽろ零れ落ちる記憶の片片
聴力の衰えまでが加わっても
尚
恬然と生きる
わが老いの日日

大気の気まぐれなステップや
大地が発する壮大なメッセージを解せぬ者に

生の
けだるい悦びを説いても
無用というものだ

ひとよ
嗤ってくれるな
老いの愉しみは
孤独を超えている！

2008.9.6

老残

記憶が乱れてくると
時の流れの　あと　さきも乱れ
わたしは
知り得る筈のない
終末の予見に
おののく

わが一生のパノラマの終幕に

こみあげてくる不安におののき
尚
安息を求める
きみは
老残の人

2008.9.30

晴れた日に

晴れた日に
澱んでいた日日のことを想う人は
多くはないだろう
重苦しい空気の中でも
浮揚を夢みるひとはいるものだ

晴れた日に
不幸だった時代に思いを馳せる人は

奇特の人
曇った空の下で
生涯の晴れ舞台を夢見る人は
多くはないだろう

晴れた日も
雨の日も
時の流れに変りはないのに
ひとびとは
気象や
気質に振りまわされ
萬象に想いを抱く

生涯が詰った行李は
透明でひとには見えないが

重くも
さりとて
軽くもない

2008.10.7

situation

ひとはだれもが
自分の situation を知っている
自らのすべてを知ったつもりでいる
それでも他人から見れば
己さえ知らぬ愚か者と映ることがある

自らを知らぬ者に

他人を知りうる筈はない
それでも
世のなかのひとは互いを知ったつもりで
生きている

知る
知らぬは
大気の気まぐれな動きほどのものかも知れぬ
大気の流れを変えることのできる人は
いない

ひとは誰もが
自らを知らぬまま
否
知ったつもりで

消えていく——

2008.10.17

生きている

Eに――

深夜
明かりを消して
闇のなかで端座していると
ひくひくと
過ぎた日日のあれこれが
動いているのが
見える

聞こえないはずの声が
ひくく
あくまでもひくく
全身を覆うように
洩れ
ひびいてくる

じっと怺えていると
時の流れが止まり
耳朶をふさいでいた
韜晦な音が消え
わたしは
しずかに吐息をつく

わたしは

これまでの生涯を
反芻し
愛して止まないひとの懐に
棲みつく

わたしは
しずかに
息を吐く――
わたしは
生きている

2008.11.2

再びのグアム島で

今年の三月
はじめてグアム島を訪れ
上辺だけだったが
それでも
さわやかな印象をのこした
再び訪れたこの島は
見た目には前と変らないが

なぜか
心象が変るのを覚えた

ひとは
喜怒哀楽だけで
生きているわけではない
わたしは再びこの島を訪れて
八十年間引きずってきた
存在証明をつきつけられる思いをした

島には
さまざまな人種が住んでいる
なぜかわが故郷の地の人びとも多い
支配国の者は
島の突端の砦の如き地に

群居している

わたしは
この地のタイフーンをまだ知らないし
この地を離発着するであろう
巨大な怪鳥を見てはいない

小さな酒場の老いた女主人は
再びの訪問に
胸ふかくのめりこんできて
ことばの流れない
無言のシグナルに酔いしれている

2008.11.7

たぶん　わたしは

たぶん　わたしは
嫌われもの
自分でさえ
度しがたいと
思うことがある

それでも
わたしは　わたし

わたしは
何と思われようと
わたし

わたしは
過ぎた日
自らを忘れて
日日を渡りあるき
それでもいつの日か
わたしに立ち返り
苦渋にみちた過ぎた日日に
涙したことがある

わたしは　わたし

たぶん
わたしが
わたしを忘れることはないだろう

そんなわたしでも
時に
他人《ひと》のなかに棲みついたまま
見境のつかなくなることがあるが
それは
それでよいではないか

それでも
わたしは
この世で
たったひとりであることを

忘れたことは
ない

2008.11.15

空耳

わたしは
子どものころ　よく空耳に悩んだ
幼かったので
聞えないはずの声がきこえ
見えない筈の風景が頭を掠めても
それが夢幻だとは
知る由もなかった

老いたいま
幻覚に惑わされ
耳の遠いこともあって
人びとの毀誉褒貶を
まともに受けとることもできない

時に
直言までをも曲解し
人びとの蔑みを浴びる体たらく

げに
空耳は
老年の日常
寂しい極みだ

2008.11.24

慟哭

妻に――

十九歳四ヶ月で逝ったわが子への想いを
妻よ
残されたわれらの生涯の
いずこに
繋いでおこうか

流れる月日は
我らをも流して

止まないだろう――
老いし
妻よ

2008.11.25

香港の朝

三年ぶりに訪れた十一月の香港の朝
人びとは屈託のない表情で
それぞれの想いで歩いている

四十年ほどまえ
はじめて訪れた香港の夕べ
低い山あいのあちこちで
貪るように絡みあっていた

若い男女の群れは
いま
どこで　どのように暮らしているのだろうか

この時
瀟洒なホテルのロビーで
日本の若者が
香港の若い女性に
卑猥な行為に及ぼうとしたので
香港の若者が件の男を殴打して逃げたが
やおら
日の丸の鉢巻きを締めた
短軀　わずかに髭を蓄えた日本の若者が現れて
ホールじゅうにひびく大音声で
シナ人に侮辱を受けたと大声で喚いた

人びとは蠟人形のようにだまりこくったまま
この情景を黙殺した

いま
両国の民族の未来について
滔滔と説いている人びとに
この原風景を
そっと教えてあげたい

今日も
香港の朝は高く澄んでいて
何事もなく明けて行く

2008.11.28

トドノツマリ

ナガイ　アイダ
余リニモ永イアイダ
アチコチト彷徨《サマヨ》ッタ
アゲク
安ラギヲ得タノガ
ワガ寝所トハ

オカシクモアレバ

悲シクモアル
蔑《サゲス》ミニ耐エ
懊悩ト快楽《ケラク》ノ果テ
ガランドウトナッタ
ワガ身ノ安ラギノ地ガ
寝所トハ
慚愧ノ極ミダ

人ヨ
ワガ生涯ニカカワルコトナク
ワレヲ打チ捨テヨ

2008.12.14

わが友に

Eよ
わたしは
時に錯乱に陥ることがある
加齢がこれに拍車をかける
生き死には
人間にとっては
避けることのできない
ゴールへの目安だが

他愛のない生き方だけは
まっ平だ

Eよ
わたしは
ときに愚か者になることがある
賢き愚かものと
目から鼻に抜ける
はしこき怜悧の人と
いずれを望むや

人生は
だれもが波乱のなか
わたしは冥闇《めいあん》は好まないが
さりとて

耿耿《こうこう》の明かりは
さらに好まない

Eよ
わたしは
愚か者
されど時には
迷闇《めいあん》のなかで光ることもある

2009.1.2

拾遺詩篇

時は流れて止むことがないが
流れに逆うことができないわけではない
ひとだけが
ときを自在に往き来することができる

胸さわぎ

季節は神の恩寵
春の陽ざしに
きびしい冬を想い
さわやかな秋の日に
酷暑の夏の記憶をめくる

過ぎた日日は

これ　悔恨の渦
こみあげる嗚咽のうちに
黄昏の海辺に立ちつくす人よ

きり立つ眼下にひろがる海
ひかりを浴びてきらめく飛沫
耳朶に低くひびく
忌わしい日日の海鳴り

人よ
凜凜と歩め
忘れることは
回生への旅立ちだ
胸さわぎは
明日に託す無言の

メッセージ

1997.10.24

燃える

燃える

焚火がはじけ
炊飯の煙りが立ちこめ
キャンプ場の朝は
幸せを求める人びとの
さわやかな息吹きに充ちている

歌う

たおやかな長身から
鈴のように流れる
ソプラノの心地よい旋律
勁《つよ》い意志にあふれて
けんめいに生きるひと
老いて　なお
つややかな肢体からこぼれる
シナモンの香り

生きる

みだれ　からみあう
老いたものどうしの

たえだえの悶え
乳白色のカーテンが
わずかに　揺れる
眼下にひろがる
蒼い海

1999.9.15

七十一歳の誕生日に

すべてが透明になり
そなたとの感傷が
透けて見える夕べ

ああ
わたしは
薄明りのもとで
眼の前の海をともに眺めていたい

岩打つ波は
だれからも祝福されない者たちへの
力強い賛同のシンフォニー

2000.8.19

病院で

若さが
たいがいのものを
呑みこんでくれた
三十五年ほど前の
朝のことだった

わたしの黒いタール便をみた
無神経な隣のドクターが

叫んだ
〈癌だ！〉

若くて気丈なころで
気後れはしなかったが
頑是ない幼い子に
わたしは涙したことがある

赤茶けた写真を瞠めているような
古い記憶だが
わたしは
いま
自らの運命を知ろうとする
愚かさを自嘲し

検査室に足を運んでいる

新聞をひらくと
岸田今日子さんの死が報じられ
テレビでは
婀娜な今日子さんが
語っている

過ぎた日日の
セピア色の記憶が
蘇る――

2006.12.22

ふるさと感傷旅行

四月の末日は
わたしにとって
忘れることのできない日だが
病んでいる身をおして
ちち　はははのふるさとへと
足を運んだ

わたしは異郷に生まれた子
だから
わがふるさとはいつも夢のなかだ
ふるさとへの思慕は現《うつつ》にまさる

夢現《ゆめうつつ》
まどろみのなかで
鶏が産み落とした卵を摑んだとたん
おまえは生れた子だと
問わず語りに
母は語っていた

わたしのふるさとは
ちち　ははの
そのまた

じじ　ばばの
生れ育ったところ
母が遊んだ海辺のある地
ちち　ははが
故あって去ったところ

ああ
わがふるさとの耽津江《タムジンガン》は
この地にゆかりのあるすべてに
語りかけるように
今も悠揚と流れている

わたしは
ふるさとを訪ねて
放心し

感傷の海に溺れる――

2007.6.14

あとがき

これ迄、私は次の詩集を出してきた。

最初は大学を卒業した一九五四年の四月、書肆ユリイカからの『囚われの街』である。二冊目は、携わっていた事業から一歩退いた二〇〇五年に、畏友飯島耕一氏の力を借りて、思潮社から『わがふるさとは　湖南《ホナム》の地』、次に二〇〇七年八月に『仮面』を出した。二〇〇八年八月には、キム・ギョンファ女史の翻訳で又石大学出版部から韓国版が上梓された。

一九二九年生れの私にとって、この度の詩集『高麗晴れ』を思潮社から出すにあたり、些かの感慨を覚える。

これ迄、思潮社から出版した詩集の題字・装画及び挿絵に呉炳学画伯を煩わし、編集の亀岡氏の尽力があったことを記し、感謝の意を表したい。

二〇〇九年三月

金太中

高麗晴《こうらいば》れ

著者
金《キム》 太中《テジュン》
発行者
小田久郎
発行所
株式会社 思潮社
〒一六二―〇八四二　東京都新宿区市谷砂土原町三―十五
電話〇三（三二六七）八一五三（営業）・八一四一（編集）
FAX〇三（三二六七）八一四二
印刷
三報社印刷株式会社
製本
小高製本工業株式会社
発行日
二〇〇九年五月十五日